Vive le foot!

Des romans à lire à deux,
pour les premiers pas en lecture !

La collection Premières Lectures accompagne les enfants qui apprennent à lire. Chaque roman peut être lu à deux voix : l'enfant lit les bulles et un lecteur confirmé lit le reste de l'histoire.

Cette collection a trois niveaux :

JE DÉCHIFFRE les bulles peuvent être lues par l'enfant qui débute en lecture.

JE COMMENCE À LIRE les bulles peuvent être lues par l'enfant qui sait lire les mots simples.

JE LIS COMME UN GRAND les bulles peuvent être lues par l'enfant qui sait lire tous les mots.

Quand l'enfant sait lire seul, il peut lire les romans en entier, comme un grand !

Un concept original **+** des histoires simples **+** des sujets qui passionnent les enfants **+** des illustrations : **des romans parfaits pour débuter en lecture avec plaisir !**

Cette histoire a été testée par Francine Euli, enseignante, et des enfants de CP.

Vive le foot !

TEXTE DE YANN WALCKER
ILLUSTRÉ PAR MYLÈNE RIGAUDIE

Le soleil brille sur la plage de
Saint-Mérou-les-Bronzettes.
Près des cabines, le grand Momo
joue au foot avec sa bande de lascars.
Médi voudrait bien taper dans le ballon,
lui aussi, mais…

5

Médi s'éloigne.

Vexé, il donne un coup de pied

dans une vieille canette, qui traîne

sur le sable...

BANG !

Comment? Une canette qui parle?

Mais c'est impossible, ça n'existe pas!

– Si tu aimes la magie, dit la canette,

chante-moi une chanson, et tu seras servi.

Médi n'est pas très fort en chansons…
mais en rap, c'est un vrai champion!
– Yo, la canette! Moi c'est Médi!
T'as vu ta tête? T'es trop zarble!
Yo, la canette! J'veux d'la magie!
Sinon j'te jette… très loin d'ici!

Quel
talent !

Bravo,
la star !

Il se passe alors une chose bizarre.
De la fumée sort par le trou
de la canette, et...

POUF!

Bonjour, je suis Safir le génie!

– Un génie? C'est fantastique! C'est méga-dément! C'est… heu… génial!

Médi est tout excité: avoir un ami génie, c'est sûr, ça peut changer la vie!

– Alors, quel est ton premier souhait ?
demande Safir. Un ordinateur ?
Un tapis volant ? Une paire de rollers ?
Un gâteau géant ?

Une belle
montre en or ?
Un chameau
qui dort ?

Médi réfléchit. Tout ce qu'il veut, c'est prouver à Momo qu'il est un grand joueur de foot. Peut-être même le meilleur de la plage, non, du monde entier, ou mieux, de la galaxie !

– J'ai trouvé ! s'exclame Médi.

J'aimerais battre Momo au football !

– Excellente idée ! dit Safir. Tout d'abord,

il faut soigner ton style.

En un éclair, Médi se retrouve avec
un super maillot, de beaux biscotos
et des baskets fluo!

Abra
Kala
Zam!

Il est trop
beau!

– Ce qu'il nous faut ensuite, dit Safir,
c'est un vrai terrain de football !
   Quand on est un génie,
rien de plus facile ! Il suffit
de claquer des doigts...

Et hop !

Au milieu des palmiers, un magnifique
stade apparaît...

Bien joué,
Safir !

– Et maintenant, dit Safir, le plus important : les équipes ! Abra Kalimba !

Je vais gagner !

Voici Médi et ses Guerriers Bleus, contre Momo et ses Lascars Rouges !

Tout le monde est en place ?
Le public aussi ? Bien ! Au coup
de sifflet... prêts... c'est parti !

C'est le match le plus fantastique
de tous les temps ! Médi est un véritable
dieu du stade. Quel joueur ! Il est partout
à la fois, bondit à un mètre du sol...
et ne rate aucun but !

Mais Momo, jaloux, lui fait un
croche-pied. Ziiiip! Médi glisse, glisse,
et tombe par terre!

Heureusement, Safir a tout vu!
Aussitôt, il vise Momo pour l'empêcher
de tricher, mais son rayon magique
frappe le ballon en plein vol! Celui-ci
devient fou, et se met à poursuivre
les joueurs en leur tapant sur la tête!
C'est la panique! Affolés, les spectateurs
s'enfuient en criant, tandis que Safir,
vert de peur, préfère se cacher.

Pour Médi, il est temps d'arrêter
ce massacre, et de faire la paix
avec Momo.

– J'ai un plan, dit Momo. Dès que
le ballon m'attaque, on lui saute dessus,
ensemble! Attention... le voilà...
3... 2... 1... vas-y Médi!

– Formidable! crie Safir. Et maintenant, qu'il aille se calmer loin d'ici!

Zou! Sur la lune!

– Tu es vraiment un champion,
dit Momo à son nouvel ami.

– Oui, enfin… nous l'avons attrapé
ensemble, ce ballon ! Et puis… le vrai
champion, c'est plutôt Safir ! Il a bien
mérité… la coupe du monde des gaffes !

– Bon, j'ai compris, répond Safir
en riant, je rentre me coucher dans
ma canette !

Bravo! Tu as lu un livre en entier !
Tu as aimé cette histoire ?
Découvre d'autres aventures de Médi et Safir !

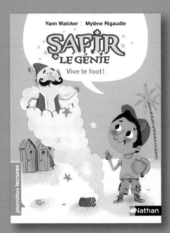

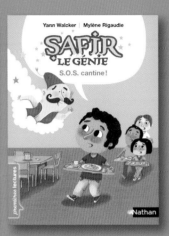

N° éditeur: 10231843 – Dépôt légal: juin 2013
chevé d'imprimer en décembre 2016 par Pollina - L78948D
(85400 Luçon, Vendée, France)

MIXTE
Papier issu de
sources responsables
FSC® C022030

Nathan présente les applications Iphone et Ipad tirées de la collection *premières* **lectures**.

L'utilisation de l'Iphone ou de la tablette permettra au jeune lecteur de s'approprier différemment les histoires, de manière ludique.

Grâce à l'interactivité et au son, il peut s'entraîner à lire, soit en écoutant l'histoire, soit en la lisant à son tour et à son rythme.

Avec les applications *premières* **lectures**, votre enfant aura encore plus envie de lire… des livres!

Toutes les applications *premières* **lectures** sont disponibles sur l'App Store :